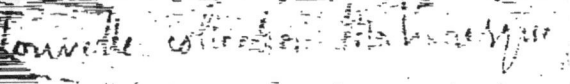 
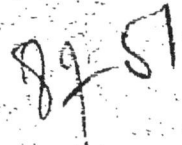
RÉCIT

DE LA

FARCE DES PRÉCIEUSES

PARIS

Nouvelle Collection Moliéresque

M DCCC LXXIX

NOUVELLE COLLECTION MOLIÉRESQUE

———

III

RÉCIT

DE LA

FARCE DES PRÉCIEUSES

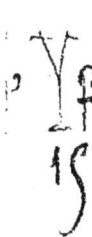

TIRAGE

300 exemplaires sur papier vergé (Nᵒˢ 41 à 340).
 20   —   sur papier de Chine (Nᵒˢ 1 à 20).
 20   —   sur papier Whatman (Nᵒˢ 21 à 40).

340 exemplaires, numérotés.

No

RÉCIT EN PROSE ET EN VERS

DE LA

FARCE DES PRÉCIEUSES

PAR

MADEMOISELLE DES JARDINS

SUIVI DE

LA DÉROUTE DES PRÉCIEUSES

MASCARADE

AVEC UNE NOTICE

PAR

LE BIBLIOPHILE JACOB

PARIS

LIBRAIRIE DES BIBLIOPHILES

Rue Saint-Honoré, 338

—

M DCCC LXXIX

PRÉFACE DE L'ÉDITEUR

LE RÉCIT DE LA FARCE DES PRÉCIEUSES me paraît avoir, au point de vue des questions littéraires qu'il soulève, une importance que les derniers éditeurs, MM. Édouard Fournier et Eugène Despois, ont peut-être soupçonnée, mais qu'ils n'ont pas reconnue. M. Édouard Fournier dit seulement (VARIÉTÉS HISTORIQUES ET LITTÉRAIRES, tome IV, page 295), dans une note que M. Eugène Despois s'est contenté de reproduire textuellement (ŒUVRES DE MOLIÈRE, collection des Grands Écrivains de la France, tome II, page 123) : « Pour expliquer les divergences de l'analyse et de la pièce, on pourrait se demander si Molière n'avait pas fait pour LES PRÉCIEUSES ce qu'il fit pour toutes ses premières pièces, c'est-à-dire si, avant de venir à Paris, il ne les avait pas jouées en province,

I

notamment à Avignon, où il se trouvait, en
1657, avec Mlle des Jardins, et si, par consé-
quent, celle-ci n'avait pas fait alors le RÉCIT,
qui courut plus tard à Paris, lorsque la pièce
y fut reprise. La comédie avait reçu les chan-
gements que Molière ne manquait jamais
d'apporter à des pièces faites en province,
lorsqu'il se décidait à les offrir au public plus
difficile de Paris. L'analyse seule était restée
la même. Un passage de la scène xi, relatif
au siège d'Arras, qui avait eu lieu en 1654,
ne contredit point, — loin de là, — cette opinion,
que LES PRÉCIEUSES pourraient avoir été écrites
par Molière avant 1660. Pour leur donner
plus d'à-propos, lorsqu'il les reprit à Paris,
il y aurait ajouté, dans la même scène, un mot
sur le siège beaucoup plus récent de Grave-
lines. »

Comment M. Édouard Fournier n'a-t-il
pas corroboré ses suppositions en faisant ob-
server que le RÉCIT de Mlle des Jardins se
rapporte à la FARCE DES PRÉCIEUSES, qu'elle
avait certainement vu jouer en province, et
non à la COMÉDIE DES PRÉCIEUSES, qui fut représentée plus tard, à Paris, sur le théâtre du
Petit-Bourbon, le 18 novembre 1659? Il est
clair, d'après le simple intitulé du RÉCIT, que
la FARCE avait eu une existence et une noto-
riété dramatiques avant la COMÉDIE.

Marie-Hortense des Jardins, fille de Guil-

laume des Jardins, prévôt de la maréchaussée
d'Alençon, née en 1632, s'était émancipée de
bonne heure, en quittant la maison paternelle
pour courir la province un peu follement, sans
qu'on sache d'une manière bien précise le but
qu'elle voulait atteindre. Il est certain qu'elle
ne revint à Paris qu'en 1656 ou 1657, car,
dans une historiette de Tallemant des Réaux,
laquelle porte la date de 1660 (Voy. l'édit. de
Monmerqué, 1840, tome X, page 223), le ma-
lin archiviste des médisances du XVIIᵉ siècle
constate en ces termes le retour de Mˡˡᵉ des
Jardins dans la capitale : « Il y a trois ans
ou environ qu'elle est à Paris, car elle a fait
un long séjour à la province ; mais, quoiqu'elle
y soit sous sa bonne foi, elle ne laisse pas d'y
voir toute sorte de gens et de les recevoir
dans une chambre garnie. » Mˡˡᵉ des Jardins
était donc revenue à Paris un an ou deux
avant Molière, qui n'y revint, avec sa troupe,
qu'au mois d'octobre 1658. Or la comédie de
Molière ne fut jouée qu'un an après, sur le
théâtre du Petit-Bourbon. Il faut donc supposer que le RÉCIT DE LA FARCE DES PRÉ-
CIEUSES fut composé par Mˡˡᵉ des Jardins,
peut-être antérieurement à la représentation
de cette comédie, non d'après l'audition de
cette comédie, mais d'après d'anciens souve-
nirs, ou même d'après d'anciennes notes rap-
portées de province. Tallemant des Réaux

nous donne à cet égard un renseignement d'au-
tant plus sérieux qu'il correspond évidemment
à la préface que Mlle Desjardins a mise en
tête de son Récit *imprimé :* « Une des pre-
mières choses qu'on ait vues d'elle, au moins
des choses imprimées, ç'a été un Récit de la
Farce des Précieuses, *qu'elle dit avoir fait* sur
le rapport d'un autre. *Il en courut des copies;*
cela fut imprimé avec bien des fautes, et elle
fut obligée de le donner au libraire, afin qu'on
le vît au moins correct. » *Une de ces copies,*
très différente de l'imprimé, nous a été con-
servée dans les manuscrits de Conrart (tome IX
du recueil in-folio, à la Bibliothèque de l'Arse-
nal). La préface de l'édition imprimée com-
mence ainsi : « Si j'estois assez heureuse pour
estre connue de tous ceux qui liront le Récit
des Précieuses, *je ne serois pas obligée de*
leur protester qu'on l'a imprimé sans mon
consentement, et mesme sans que je l'aye sceu;
mais, comme la douleur que cet accident m'a
causée et les efforts que j'ay faits pour l'em-
pescher sont des choses dont le public est assez
mal informé, j'ay cru à propos de l'advertir
que cette Lettre fut écrite à une personne de
qualité, qui m'avoit demandé cette marque de
mon obéyssance, dans un temps où je n'avois
pas encore veu sur le théâtre les Précieuses :
de sorte qu'elle n'est faite que sur le rapport
d'autruy, *et je croy qu'il est aisé de con-*

*noistre cette vérité par l'ordre que je tiens
dans mon Récit, car il est un peu différent de
celuy de cette farce. Cette seule circonstance
sembloit suffire pour sauver ma Lettre de la
presse; mais monsieur de Luynes en a autrement ordonné, et, malgré des projets plus rai-
sonnables, me voilà, puisqu'il plaist à Dieu,
imprimée par une bagatelle. »*

Les inductions qu'on doit tirer de ce passage, en le comparant à celui de l'historiette
de Tallemant des Réaux, me paraissent con-
corder entre elles et donner toutes les infor-
mations nécessaires sur le sujet qui nous oc-
cupe. Mlle des Jardins était à la campagne,
chez Mme la duchesse de Montbazon, c'est-à-
dire au château de Dampierre, comme nous
l'apprend une autre note de Tallemant des
Réaux citée par Monmerqué. On lui demanda
ce que ce pouvait être que cette comédie des
Précieuses qu'on allait représenter sur le
théâtre du Petit-Bourbon, ou qui venait d'y
être représentée. Mlle des Jardins N'AVAIT PAS
ENCORE VU *cette comédie* SUR LE THÉATRE, *mais
elle avait vu jouer la farce en province; elle
en avait probablement des extraits, une analyse écrite ou même une copie. C'est ce qu'elle
appelle « écrire son* Récit *sur le rapport d'un
autre ou sur le rapport d'autrui. »* Ce Récit offrait des différences avec la comédie représentée à Paris, non seulement au point de

1.

*vue de l'*ORDRE *des scènes et du dialogue, mais comme indiquant des scènes entières qui n'existaient pas dans la comédie, et présentant des citations en vers et en prose empruntées certainement à un texte tout différent de celui de cette comédie. Le* RÉCIT *eut beaucoup de succès et méritait d'en avoir. « Il en courut des copies, dit Tallemant des Réaux; cela fut imprimé avec bien des fautes, et elle fut obligée de le donner au libraire. » Il y eut donc une édition subreptice, non autorisée par l'auteur, et probablement interdite, supprimée judiciairement à sa requête. M*lle *des Jardins proteste, dans sa préface, que son* RÉCIT *fut imprimé sans son consentement et même sans qu'elle l'ait su. Cette édition, faite à son insu, serait-elle celle de Guillaume de Luynes, qu'on n'a pas encore retrouvée ? M*lle *des Jardins espérait que, sa Lettre n'étant pas destinée à la publicité, cela seul eût suffi pour la sauver de la presse; « mais monsieur de Luynes en a autrement ordonné », et voilà M*lle *des Jardins imprimée, bien malgré elle. « Je n'ay appris l'impression de ma Lettre, dit-elle encore, que dans un temps où il n'estoit plus en mon pouvoir de l'empescher. »*

Il est donc permis de supposer que le RÉCIT DE LA FARCE DES PRÉCIEUSES *aura été traité par le libraire Guillaume de Luynes avec le même sans-gêne que la comédie des* PRÉCIEUSES.

Guillaume de Luynes demanda et obtint en son nom un privilège pour imprimer le RÉCIT, *dont une copie anonyme était tombée entre ses mains; il le fit imprimer, pour son compte, à ses risques et périls, ce qui arrivait fréquemment pour des ouvrages qui circulaient manuscrits sans nom d'auteur.* Mlle *des Jardins ne sut pas que son* RÉCIT *s'imprimait et allait paraître : elle essaya inutilement de s'y opposer, et elle finit par se borner à faire, dans une préface que Guillaume de Luynes lui demanda ou fut obligé d'accepter, la déclaration formelle de cette espèce de violence qu'elle avait dû subir de la part du libraire. Les choses s'étaient passées à peu près ainsi pour la comédie des* PRÉCIEUSES, *que Molière ne put empêcher de paraître, deux mois après la première représentation, avec un privilège accordé au libraire Guillaume de Luynes, en daté du* 19 janvier 1660 : « *Je ne voulois pas, dit Molière dans la préface de cette édition faite malgré lui, je ne voulois pas qu'elles* (mes PRÉCIEUSES RIDICULES) *sautassent du Théâtre de Bourbon dans la Galerie du Palais. Cependant je n'ai pû l'éviter, et je suis tombé dans la disgrâce de voir une copie dérobée de ma pièce entre les mains des libraires et accompagnée d'un privilège obtenu par surprise. J'ai eu beau crier :* « O tems! ô mœurs! » *on m'a fait voir une nécessité pour moi d'être im-*

*primé ou d'avoir un procès, et le dernier mal
est encore pire que le premier. Il faut donc
se laisser aller à la destinée et consentir à une
chose qu'on ne laisseroit pas de faire sans
moi.* » Et Molière se contenta, comme l'avait
fait Mlle des Jardins, d'exprimer ses plaintes
et de formuler sa protestation dans la préface
d'une édition faite sans son aveu et malgré
lui. Il y eut plusieurs réimpressions de sa comédie au profit des libraires (Voy. ma Bi-
BLIOGR. MOLIÉRESQUE, 2ᵉ édit., pages 2 à 4), et
ce fut seulement après trois éditions succes-
sives qu'il parvint à reconquérir en partie ses
droits, en réclamant un nouveau privilège qui,
cette fois, lui fut délivré à son nom. Mlle des
Jardins n'en obtint pas autant, et, pour ne pas
en venir à la nécessité d'avoir un procès, elle
laissa son ouvrage à la merci des libraires.

N'est-il pas très bizarre que le libraire qui
avait imprimé le RÉCIT DE LA FARCE DES PRÉ-
CIEUSES sans respecter les droits de l'auteur
se soit permis d'imprimer, dans les mêmes
conditions, la comédie des PRÉCIEUSES ? Nous
ne voulons pas voir ici une intelligence secrète
entre Molière et Mlle des Jardins, comme plusieurs critiques, et notamment M. Édouard
Fournier, ont semblé le croire, pour faire servir au succès de la Comédie le RÉCIT DE LA
FARCE, ce qui n'est ni probable ni vraisem-
blable. On n'a pas assez remarqué que Mlle des

Jardins n'a pas même nommé Molière dans la préface de son Récit, *Molière qu'elle connaissait bien pour l'avoir rencontré dans le Midi avec sa troupe de campagne, et peut-être pour avoir fait elle-même partie de cette troupe. C'est encore Tallemant des Réaux qui nous autorise à mettre en avant une pareille conjecture. « Un jour, dit-il, que Molière fut la voir dans sa chambre garnie (à Paris, et sans doute avant la représentation des* Précieuses), *une femme, qui étoit encore au lit, dit d'un ton assez haut : « Est-il possible « que M. de Molière ne me reconnoisse point ? » Il s'approche entre les rideaux : « Il seroit « difficile, Madame, que je vous reconnusse, » répondit-il. Elle les fait tous lever et ouvrir toutes les fenêtres : il la reconnoissoit encore moins. « Sans doute, ajouta-t-il, c'est la coif-« fure qui en est la cause ? — Allez, lui dit-« elle, vous êtes un ingrat. Quand vous jouiez « à Narbonne, on n'alloit au théâtre que pour « me voir. »*

Mlle des Jardins, dans son Récit, *rappelle certainement la farce, plutôt que la comédie, cette farce que Molière jouait dans les provinces longtemps avant de l'avoir refaite en comédie pour son théâtre du Petit-Bourbon. Ainsi, Mlle des Jardins cite des bouffonneries qui n'avaient figuré que dans la farce, et qui ne sont pas même restées dans le* Récit *im-*

primé; c'est dans la copie des manuscrits de
Conrart que nous trouvons, par exemple, un
détail burlesque qu'on chercherait en vain dans
la comédie : « Mascarille conte ses exploits à
ces dames, et leur dit qu'il avoit commandé
deux mille chevaux sur les galères de Malte.
Un de ses amis intimes survient, qui lui dit
qu'il avoit eu un coup de mousquet dans la tête
et qu'il avoit rendu sa balle en éternuant. »
Nous ne serions pas éloigné de croire que l'espèce de code galant et précieux débité par la
MARGOT de la farce, laquelle s'est changée en
CATHOS dans la comédie, avait été originaire-
ment rimé en vers sous le titre de RÈGLES DE
L'AMOUR, et que Molière l'a mis en prose en
arrangeant sa comédie : car ces RÈGLES DE
L'AMOUR ont une grande analogie, dans la forme
du moins, avec les MAXIMES DU MARIAGE; OU
LES DEVOIRS DE LA FEMME MARIÉE, qu'Arnolphe
fait lire tout haut par Agnès dans L'ÉCOLE DES
FEMMES (Acte III, scène II). Mais une scène très
importante, que Molière a retranchée de la
comédie, et qui n'était pas une des moins di-
vertissantes de la farce, est racontée de la
sorte par Mlle des Jardins : « Peu de temps
après la sortie du vieillard (Gorgibus), il vint
deux galands offrir leurs services aux démoi-
selles; il me semble même qu'ils s'en acquittoient assez bien, mais aussi je ne suis pas
précieuse, et je l'ai connu par la manière dont

ces deux illustres filles reçurent nos protes-
tants (prétendants?). Elles baaillèrent mille
fois; elles demandèrent autant (de fois) quelle
heure il étoit, et elles donnèrent enfin tant de
marques du peu de plaisir qu'elles prenoient
dans la compagnie de ces aventuriers qu'ils
furent contraints de se retirer, très mal satisfaits de la réception qu'on leur avoit faite, et
fort résolus de s'en venger, comme vous le
verrez par la suite. » Cette scène était utile,
sinon nécessaire, pour faire comprendre plus
tard que ces deux galants, rebutés et congé-
diés par les deux pécores, leur avaient envoyé,
pour les punir, deux laquais déguisés en marquis de MASCARILLE et en vicomte de JODELET.
Enfin, il est resté dans le RÉCIT, çà et là, quelques traces du style original de la farce, que
Molière a dû modifier et atténuer dans la comédie. « Voyez-vous, mon oncle, poursuivit-
elle (CATHOS), voilà ma cousine qui vous dira,
comme moi, qu'il ne faut pas aller ainsi de
plain-pied au mariage. — Non, sans doute,
mon père, repliqua Clymène; mais il ne faut
pas aussi prendre le roman par la queue. » Ce
dialogue est beaucoup plus vif et plus facétieux
que celui de la comédie, où Magdelon dit à
son père : « La belle galanterie que la leur!
Quoi! débuter ainsi par le mariage? » Ce à
quoi Gorgibus répond : « Et par où veux-tu
donc qu'ils débutent? par le concubinage? »

*La comédie est ici, dans le dialogue, très in-
férieure à la farce.*

Le but de toute cette discussion sur l'anté-
riorité de la farce des PRÉCIEUSES *à la comédie
des* PRÉCIEUSES RIDICULES, *c'est de prouver que
la tradition du théâtre est vraie qui attestait
que cette comédie n'était autre que la farce cor-
rigée, expurgée et débarrassée de ses plus gros-
sières plaisanteries. Le chevalier de Mouhy,
qui a rédigé son* ABRÉGÉ DE L'HISTOIRE DU
THÉATRE-FRANÇAIS (*Paris, l'Auteur,* 1780,
3 *vol. in-8*) *sur les excellents matériaux que
les frères Parfaict lui avaient cédés en renon-
çant à continuer leur* HISTOIRE DU THÉATRE-
FRANÇAIS, *déclare formellement que «* cette
pièce avoit paru en province avant qu'elle fût
jouée à Paris ». Ajoutons une conjecture qui
n'a rien que de très plausible : n'était-ce pas
Mlle des Jardins qui jouait le rôle de Cathos
dans la farce, qu'on prétend avoir été représentée d'abord à Avignon et à Narbonne? On
pourrait alors lui attribuer les fameuses RÈ-
GLES DE L'AMOUR, qui sont publiées tout au
long dans le* RÉCIT *imprimé, et qui présentent
un texte tout différent dans la copie des manuscrits de Conrart.*

*Cette conjecture s'appuierait d'ailleurs sur
la constatation des bons rapports d'amitié et
même de camaraderie qui ont existé entre
Mlle des Jardins et Molière depuis leur retour*

à Paris. Molière fit représenter une comédie de Mlle des Jardins, LE FAVORI, *sur le théâtre du Palais-Royal, après l'avoir jouée à Versailles devant le roi et la cour, le 14 janvier 1665. A la représentation de Versailles, « M. de Molière fit un prologue en Marquis ridicule, qui vouloit être sur le théâtre, malgré les gardes, et eut une conversation risible avec une actrice qui fit la Marquise ridicule, placée au milieu de l'assemblée. » Cette Marquise ridicule n'était-elle pas Mlle des Jardins elle-même? Molière lui avait donné trente pistoles, par avance, sur cette pièce du* FAVORI, *au dire de Tallemant des Réaux, et avec cette somme elle était allée en poste à Avignon : « Je crois qu'elle y a fait bien des gaillardises ! » dit Tallemant des Réaux. Il est probable qu'elle s'était mise à la poursuite d'un officier d'infanterie, nommé La Villedieu, qui lui avait promis de l'épouser, et qui la fuyait avec d'autant plus de terreur qu'il était déjà marié. Laissons parler Tallemant des Réaux : « Elle revint ici vers Pâques* (1665); *il fut question de faire jouer sa pièce (au théâtre du Palais-Royal). Une comédienne et elle se pensèrent décoiffer. Elle querella Molière de ce qu'il mettoit dans ses affiches :* LE FAVORI, DE MADEMOISELLE DES JARDINS, *et qu'elle étoit bien* Madame *pour lui; qu'elle s'appeloit* Madame de Villedieu, *car elle a changé d'avis sur cela.*

2

Molière lui répondit doucement qu'il avoit an-noncé sa pièce sous le nom de Mlle des Jar-dins ; que de l'annoncer sous le nom de Mme de Villedieu, cela seroit du galimatias ; qu'il la prioit, par cette fois, de trouver bon qu'il l'ap-pelât Mme de Villedieu partout, hormis sur le théâtre et dans ses affiches. » LE FAVORI *fut donc représenté, au commencement du mois de juin, sur le théâtre du Palais-Royal, et le 13 du même mois on en donna une nouvelle re-présentation dans les jardins de Versailles, devant le roi. Mlle des Jardins, qui avait pris résolument le nom de Mme de Villedieu, adressa au duc de Saint-Aignan une description en vers de la fête de Versailles, et elle ne man-qua de payer sa dette de reconnaissance à Mo-lière en disant de lui :*

Ce Térence du temps, que l'univers admire,
Dans la fine morale instruit en faisant rire.

Mlle des Jardins publia tous ses ouvrages sous le nom de Mme de Villedieu, bien que son mariage avec La Villedieu n'ait été qu'un ma-riage de comédie ; et, quand elle écrivit ses aventures sous un nom supposé, ce fut sous le nom d'Henriette-Sylvie de Molière qu'elle fit imprimer ces Mémoires, qui furent impri-més en Hollande une année avant la mort de son ancien camarade d'Avignon et de Nar-

bonne, et dans lesquels elle n'a pas oublié d'accorder un souvenir flatteur à la comédie des Facheux *et à celle de* la Princesse d'É-lide, *sans faire la moindre allusion à la* Farce des Précieuses.

P. L. Jacob, bibliophile.

RÉCIT

EN PROSE ET EN VERS

DE

LA FARCE

DES PRECIEUSES

A ANVERS

Chez Guillaume Colles

M.DC.LX

2.

PRÉFACE

Ꙇɪ j'estois assez heureuse pour estre con-
nüe de tous ceux qui liront le *Recit des
Precieuses*, je ne serois pas obligée de
leur protester qu'on l'a imprimé sans mon consentement, et même sans que je l'aye sceu. Mais,
comme la douleur que cet accident m'a causée,
et les efforts que j'ai faits pour l'empescher, sont
des choses dont le public est assez mal informé,
j'ay crû à propos de l'advertir que cette Lettre
fut écrite à une personne de qualité, qui m'avoit
demandé cette marque de mon obeyssance, dans
un temps où je n'avois pas encore veu sur le
théâtre les *Precieuses*, de sorte qu'elle n'est
faite que sur le rapport d'autruy; et je croy
qu'il est aisé de connoistre cette verité par

l'ordre que je tiens dans mon Recit, car il est un peu differend de celuy de cette farce. Cette seule circonstance sembloit suffire pour sauver ma Lettre de la presse ; mais monsieur de Luynes en a autrement ordonné, et, malgré des projets plus raisonnablés, me voilà, puis qu'il plaist à Dieu, imprimée par une bagatelle. Cette adventure est asseurément fort fascheuse pour une personne de mon humeur, mais il ne tiendra qu'au public de m'en consoler, non pas en m'accordant son approbation (car j'aurois mauvaise opinion de luy s'il la donnoit à si peu de chose), mais en se persuadant que je n'ay apris l'impression de ma Lettre que dans un temps où il n'estoit plus en mon pouvoir de l'empescher ; j'espère cette justice de luy, et le prie de croire que, si mon âge et ma façon d'agir luy estoient connus, il jugeroit plus favorablement de moy que cette Lettre ne semble le mériter.

RECIT

DE

LA FARCE DES PRECIEUSES

—

Madame,

Je ne pretens pas vous donner une grande marque de mon esprit en vous envoyant ce *Recit des Precieuses ;* mais au moins ay-je lieu de croire que vous le recevrez comme un tesmoignage de la promptitude avec laquelle je vous obeis, puisque je n'en receus l'ordre de vous que hyer au soir, et que je l'execute ce matin. Le

peu de temps que vostre impatience m'a
donné doit vous obliger à souffrir les fautes
qui sont dans cet ouvrage, et j'auray l'avan-
tage de les voir toutes effacées par la gloire
qu'il y a de vous obeyr promptement. Je
croy mesme que c'est par cette raison que je
n'ose vous faire un plus long discours. Imaginez-vous donc, Madame, que vous voyez
un vieillard, vestu comme les paladins fran-
çois, et poli comme un habitant de la Gaule
Celtique,

> Qui d'un severe et grave ton
> Demande à la jeune soubrette
> De deux filles de grand renom :
> « Que font vos maistresses, fillette ? »

Cette fille, qui sçait bien comme se pratique
la civilité, fait une reverence au bon-homme,
et luy respond humblement :

> Elles sont là haut dans leur chambre
> Qui font des mousches et du fard,

> Des parfums de civette et d'ambre,
> Et de la pommade de lard.

Comme ces sortes d'occupations n'estoient pas trop en usage du temps du bon-homme, il fut extrémement étonné de la réponse de la soubrette, et regretta le temps où les femmes portoient des escofions au lieu de perruques, et des pantoufles au lieu de patins;

> Où les parfums estoient de fine marjolaine,
> Le fard, de claire eau de fontaine;
> Où le talque et le pied de veau
> N'approchoient jamais du museau;
> Où la pommade de la belle
> Estoit du pur suif de chandelle.

Enfin, Madame, il fit mille imprecations contre les ajustemens superflus, et fit promptement appeller ces filles pour leur tesmoigner son ressentiment. « Venez, Magdelon et Cathos, leur dit-il, que je vous apprenne à vivre. » A ces noms de Magdelon et de Cathos, ces deux filles firent trois pas en arriere, et la plus Precieuse des deux luy répliqua en ces termes :

> Bon Dieu ! ces terribles paroles
> Gasteroient le plus beau romant :
> Que vous parlez vulgairement !
> Que ne hantez-vous les *Ecolles?*
> Et vous apprendrez dans ces lieux
> Que nous voulons des noms qui soient plus precieux.
> Pour moy, je m'appelle CLIMENE,
> Et ma cousine PHILIMENE.

Vous voyez bien, Madame, que ce changement de noms vulgaires en noms du monde precieux ne pleurent pas à l'ancien Gaulois : aussi s'en mit-il fort en colere contre nos dames, et, après les avoir excitées à vivre comme le reste du monde, et à ne pas se tirer du commun par des manies si ridicules, il les advertit qu'il viendroit à l'instant deux hommes les veoir qui leur faisoient l'honneur de les rechercher. Et, en effet, Madame, peü de temps après la sortie du vieillard, il vint deux

gallands offrir leurs services aux demoiselles;
il me semble mesme qu'ils s'en acquittoient
assez bien. Mais aussi je ne suis pas Precieuse,
et je l'ay connu par la maniere dont ces deux
illustres filles receurent nos protestans : elles
baaillerent mille fois ; elles demanderent
autant quelle heure il estoit, et elles donnerent enfin tant de marques du peu de
plaisir qu'elles prenoient dans la compagnie
de ces advanturiers, qu'ils furent contraints
de se retirer très-mal satisfaits de la reception
qu'on leur avoit faite, et fort résolus de s'en
vanger (comme vous le verrez par la suite).
Si-tost qu'ils furent sortis, nos Precieuses se
regarderent l'une l'autre, et Philimene, rom-
pant la premiere le silence, s'écria avec toutes
les marques d'un grand étonnement :

Quoy, ces gens nous offrent leurs vœux !
Ha ! ma chere, quels amoureux !
Ils parlent sans affeteries,
Ils ont des jambes degarnies,

Une indigence de rubans,
Des chapeaux desarmez de plumes,
Et ne sçavent pas les coustumes
Qu'on pratique à present au pays des Romans.

Comme elle achevoit cette plainte, le bon-homme revint pour leur tesmoigner son mé-contentement de la reception qu'elles avoient faite aux deux gallands. Mais, bon Dieu! à qui s'adressoit-il?

Comment! s'écria Philimene;
Pour qui nous prennent ces amans,
De nous compter ainsi leur peine?
Est-ce ainsi que l'on fait l'amour dans les romans?

« Voyez-vous, mon oncle, poursuivit-elle, voilà ma cousine qui vous dira, comme moy, qu'il ne faut pas aller ainsi de plain pied au mariage. — Et voulez-vous qu'on aille au concubinage? interrompit le vieillard irrité. — Non, sans doute, mon pere, répliqua Cli-mene; mais il ne faut pas aussi prendre le

romant par la queuë. Et que seroit-ce si
l'illustre Cyrus épousoit Mandane dès la premiere année, et l'amoureux Aronce la belle
Clelie? Il n'y auroit donc ny adventures, ny
combats? Voyez-vous, mon pere, il faut prendre un cœur par les formes, et, si vous voulez
m'escouter, je m'en vais vous apprendre
comme on aime dans les belles manieres.

REIGLES

DE L'AMOUR

I.

Premierement, les grandes passions
Naissent presque toujours des inclinations;
Certain charme secret, que l'on ne peut comprendre,
Se glisse dans les cœurs, sans qu'on sçache comment;
Par l'ordre du destin, l'on s'en laisse surprendre,
Et, sans autre raison, l'on s'aime en un moment.

II.

Pour aider à la sympathie,
Le hazard bien souvent se met de la partie.
On se rencontre au Cours, au temple, dans un bal :
C'est là que du romant on commence l'histoire,
Et que les traicts d'un œil fatal
Remportent sur un cœur une illustre victoire.

III.

Puis on cherche l'occasion
De visiter la demoiselle :
On la trouve encore plus belle,
Et l'on sent augmenter ainsi sa passion.
Lors on cherit la sollitude,
L'on ne repose plus la nuit,
L'on hayt le tumulte et le bruit,
Sans sçavoir le sujet de son inquietude.

IV.

On s'apperçoit enfin que cet esloignement,
Loin de le soulager, augmente le tourment;
Lors on cherche l'objet pour qui le cœur souspire.
On ne porte que ses couleurs;
On a le cœur touché de toutes ses douleurs,
Et ses moindres mespris font souffrir le martyre.

V.

Puis on déclare son amour,
Et, dans cette grande journée,
Il se faut retirer dans une sombre allée,
Rougir et paslir tour à tour,
Sentir des frissons, des allarmes,
Enfin, se jetter à genoux,
Et dire, en répandant des larmes,
A mots entre-couppez : « Helas ! je meurs pour vous ! »

VI.

Ce témeraire adieu met la dame en colere :
Elle quitte l'amant, luy deffend de la voir.
Luy, que ce procedé réduit au desespoir,
Veut servir par la mort le vœu de sa misere.
« Arrêtez, luy dit-il, objet remply d'appas,
Puis que vous prononcez l'arrest de mon trépas,
Je vous veux obeyr ; mais apprenez, cruelle,
Que vous perdrez, dedans ce jour,
L'adorateur le plus fidelle
Qui jamais ait senty le pouvoir de l'amour. »

VII.

Une ame se trouve attendrie
Par ces ardens soûpirs et ces tendres discours ;

On se fait un effort pour luy rendre la vie,
De ce torrent de pleurs on fait cesser le cours,
Et d'un charmant objet la puissance suprême
Rappelle du trespas par un seul « Je vous aime ».

« Voilà comme il faut aimer, poursuivit cette sçavante fille, et ce sont des reigles dont, en bonne galanterie, l'on ne peut jamais se dispenser. » Le pere fut si espouventé de ces nouvelles maximes qu'il s'enfuit, en protestant qu'il estoit bien aisé d'aimer dans le temps qu'il faisoit l'amour à sa femme, et que ces filles estoient folles avec leurs reigles. Si-tost qu'il fut sorty, la suivante vint dire à ses maistresses qu'un laquais demandoit à leur parler. Si vous pouviez concevoir, Madame, combien ce mot de « laquais » est rude pour des oreilles precieuses, nos heroïnes vous feroient pitié. Elles firent un grand cry, et, regardans cette petite creature avec mépris : « Mal-aprise, lui dirent-elles, ne savez-vous que cet officier se nomme un *necessaire*? » La reprimande faite, le necessaire entra, qui dit aux Precieuses que le marquis de Mascarille, son maistre, envoyoit sçavoir s'il ne les incommoderoit point de les venir voir. L'offre estoit trop agréable à nos dames pour la refuser : aussi l'accepterent-elles de grand cœur, et, sur la permission qu'elles en donnerent, le marquis entra dans un equipage si plaisant que j'ay crû ne vous pas deplaire en vous en faisant la description. Imaginez-vous donc, Madame, que sa perruque estoit si grande qu'elle balayoit la place à chaque fois qu'il faisoit la reverence, et son chapeau si petit qu'il estoit aisé de juger que le marquis le portoit bien plus souvent dans la main que sur la teste; son rabat se pouvoit appeller un honnête peignoir, et ses canons sembloient n'estre faits que pour servir de caches aux enfans qui joüent à la clinemusette. Et en verité, Madame, je ne crois pas que les tentes des jeunes Messagettes soient plus spacieuses que ses

honorables canons; un brandon de galands
luy sortoit de sa poche comme d'une corne
d'abondance, et ses souliers estoient si cou-
verts de rubans qu'il ne m'est pas possible de
vous dire s'ils estoient de roussy de vache
d'Angleterre ou de marroquin; du moins
sçay-je bien qu'ils avoient un demy-pied
de haut, et que j'estois fort en peine de sçavoir comment des tallons si hauts et si déli-
cats pouvoient porter le corps du marquis,
ses rubans, ses canons et la poudre. Jugez de
l'importance du personnage sur cette figure,
et me dispensez, s'il vous plaist, de vous en
dire davantage : aussi bien faut-il que je passe
au plus plaisant endroit de la pièce et que je
vous dise la conversation que nos Precieux et
nos Precieuses eurent ensemble.

DIALOGUE

DE MASCARILLE, DE PHILIMENE
ET DE CLIMENE.

CLIMENE.

L'odeur de vostre poudre est des plus agréables,
Et vostre propreté des plus inimitables.

MASCARILLE.

Ah! je m'inscris en faux; vous voulez me railler.
A peine ay-je eu le temps de pouvoir m'habiller.
Que dittes-vous pourtant de cette garniture?
    La trouvez-vous congruante à l'habit?

CLIMENE.

C'est perdrigeon tout pur.

PHILIMENE.

                Que Monsieur a d'esprit!
L'esprit même paroist jusque dans la parure.

MASCARILLE.

Ma foy! sans vanité, je croy l'entendre un peu.
Mesdames, trouvez-vous ces canons du vulgaire?
Ils ont du moins un quart de plus qu'à l'ordinaire,

Et, si nous connoissons le beau couleur de feu,
Que dites-vous du mien?

PHILIMENE.

Tout ce qu'on en peut dire.

CLIMENE.

Il est du dernier beau; sans mentir, je l'admire.

MASCARILLE.

Ahy, ahy, ahy, ahy.

PHILIMENE.

Hé! bon Dieu, qu'avez-vous?
Vous trouvez-vous point mal?

MASCARILLE.

Non, mais je crains vos coups.
Frappez plus doucement, Mesdames, je vous prie;
Vos yeux n'entendent pas la moindre raillerie.
Quoy! sur mon pauvre cœur toutes deux à la fois!
Il n'en falloit point tant pour le mettre aux abois.
Ne l'assassinez plus, divines meurtrieres.

CLIMENE.

Ma chere, qu'il sçait bien les galantes manieres!

PHILIMENE.

Ha! c'est un Amilcar, ma chere, assurément.

MASCARILLE.

Aymez-vous l'enjoué?

PHILIMENE.

Ouy, mais terriblement.

MASCARILLE.

Ma foy, j'en suis ravy, car c'est mon caractere ;
On m'appelle Amilcar aussi pour l'ordinaire.
A propos d'Amilcar, voyez-vous quelqu'autheur ?

CLIMENE.

Nous ne jouissons point encor de ce bonheur,
Mais on nous a promis les belles compagnies,
Des autheurs des POESIES CHINOISES.

MASCARILLE.

Ah ! je vous en veux amener :
Je les ay tous les jours à ma table à dîner ;
C'est moy seul qui vous puis donner leur connoissance,
Mais ils n'ont jamais fait de pièces d'importance.
J'ayme pourtant assez le rondeau, le sonnet ;
J'y trouve de l'esprit, et lis un bon portrait
Avec quelque plaisir. Et vous, que vous en semble ?

CLIMENE.

Lorsque vous le voudrez, nous en lirons ensemble.
Mais ce n'est pas mon goust, et je m'y connoy mal,
Ou vous aimeriez mieux lire un beau madrigal.

MASCARILLE.

Vous avez le goust fin. Nous nous meslons d'en faire.
Je vous en veux dire un qui vous pourra bien plaire :
Il est joly, sans vanité,

Et dans le caractere tendre.
Nous autres gens de qualité,
Nous sçavons tout, sans rien apprendre.
Vous en allez juger, écoutez seulement.

MADRIGAL

DE MASCARILLE.

Ho, ho, je n'y prenois pas garde.
Alors que sans songer à mal je vous regarde,
Votre œil en tapinois me dérobe mon cœur.
O voleur, ô voleur, ô voleur, ô voleur !

CLIMENE.

Ma chere, il est poussé dans le dernier galand,
Il est du dernier fin, il est inimitable,
Dans le dernier touchant; je le trouve admirable.
Il m'emporte l'esprit. . . . .

MASCARILLE.

Et ces voleurs, les trouvez-vous plaisans ?
Ce mot de tapinois ?

CLIMENE.

Tout est juste, à mon sens.

Aux meilleurs madrigaux il peut faire la nique,
   Et ce ho, ho, vaut mieux qu'un poeme epicque.

MASCARILLE.

Puisque cet impromptu vous donne du plaisir,
   J'en veux faire un pour vous, tout à loisir :
   Le madrigal me donne peu de peine,
Et mon genie est tel pour ces vers inégaux
     Que j'ai traduits en madrigaux,
     Dans un mois, l'Histoire romaine.

Si les vers ne me coustoient pas davantage à faire qu'au marquis de Mascarille, je vous dirois dans ce genre d'écrire tous les applaudissemens que les Precieuses donnerent au Precieux. Mais, Madame, mon anthousiasme commence à me quitter, et je suis d'advis de vous dire en prose qu'il vint un certain vicomte remplir la ruelle des Precieuses, qui se trouva le meilleur des amis du marquis ; ils se firent mille caresses, ils dancerent ensemble, ils cajollerent les dames. Mais enfin leurs divertissemens furent interrompus par l'arrivée des amans mal-traittez, qui malheureusement

4

estoient les maistres des Precieux. Vous jugez bien de la douleur que cet accident causa, et la honte des Precieuses, lorsqu'elles se virent ainsi bernées : suffit que la farce finit de cette sorte, et que je finis aussi ma longue lettre, en vous protestant que je suis, avec tout le respect imaginable,

MADAME,

Vostre très-humble et très-obéyssante Servante.

D D D D D D.

LA

DEROUTE

DES

PRETIEUSES

MASCARADE

PARIS

ALEXANDRE LESSELIN

1659

LA DEROUTE

DES PRETIEUSES

PREMIERE ENTREE.

L'Amour, voyant que ses loix, qui avoient tousjours esté fort respectées de tout le monde, n'estoient plus en si grande consideration, et que le pouvoir qu'il avoit eu jusques icy sur les cœurs commençoit à se diminuer, depuis que les Pretieuses s'estoient introduites dans les compagnies, d'où elles avoient résolu de le bannir entierement, entra dans une colere dont on n'eust jamais cru qu'un enfant eust esté capable, et jura de se venger d'elles, à quelque prix que ce fust, et voulut mesme en-

4.

gager ses fideles sujets en cette occasion, leur ordonnant de se declarer ouvertement contre ces ennemies communes; ce qui leur fit chercher un moyen de contenter leur petit Dieu, et crurent ne le pouvoir pas mieux faire qu'en les decreditant parmy le peuple, depeignant dans un Almanach leurs figures grotesques et leurs belles occupations, ce qui fut aussi tost fait.

Pour L'Amour depité.

J'ay tousjours fait sentir aux cœurs les plus rebelles
Ce que peuvent les traits du puissant Dieu d'amour :
Les laides ont appris, aussi bien que les belles,
Qu'il faut que, tost ou tard, chacun ayme à son tour.

J'apperçois cependant que certaines cruelles,
De depit de se voir desjà sur le retour,
Sans s'estre encor soumis quelques amans fidelles,
Empeschent la pluspart de me faire leur cour.

Mais, pour bien me venger des fieres Pretieuses,
Qui, pour rendre mes loix en tous lieux odieuses,
M'appellent un enfant, un aveugle, un badin,

Je veux que desormais on n'en voye pas une
Qui ne brusle en secret pour quelque beau blondin,
Et que pas un blondin jamais n'en ayme aucune.

ENTRÉE II.

CES Almanachs ayant esté imprimez, deux COLPORTEURS, chargés de plusieurs pieces nouvelles, courent dans les rues avec une precipitation tout-à-fait grande, et crient à plein gosier : *l'Almanach des Pretieuses,* dont ils font un grand debit.

Pour LE COLPORTEUR, criant les Almanachs.

> *Ma foy, je n'ay point de sujet*
> *De declamer contre les Pretieuses :*
> *Je veux bien que partout on les trouve orgueilleuses;*
> *Pour moy, j'en suis fort satisfait,*
> *Car leur figure peu commune*
> *Va faire ma bonne fortune.*

Pour LE COLPORTEUR portant des vers contre les Pretieuses.

> *Je cours depuis longtemps et je perds tous mes pas;*
> *A present un chacun se rit de la Gazette;*
> *Mais je vais mettre en montre une piece secrette*
> *Que tout le monde n'aura pas.*

———

ENTRÉE III.

Dans cet intervalle de temps, trois Pretieuses viennent à passer, qui, voyant ces Colporteurs entourés de monde, et s'entendant nommer, veulent sçavoir ce que ces gens regardent et achetent avec tant d'empressement; mais, quand elles apperçoivent que c'est une piece que l'on a faite pour se moquer d'elles, le dépit les saisit, et elles entrent en une telle furie qu'elles prennent leurs buscs pour battre ces Colporteurs, qui sont obligés de s'enfuir.

Pour les Pretieuses.

Lorsque nous commencions d'establir nostre empire,
Qu'on recevoit nos loix ainsi que nos beaux mots,
Tout d'un coup, contre nous, on fait une satyre,
*   Et partout l'on nous donne à dos.*

Mes cheres, pourrons-nous après cela paroistre,
Sans qu'on nous monstre au doigt et qu'on courre après nous?
*   Il nous faut espouser un cloistre,*
*   N'ayant pu rencontrer d'espoux.*

ENTRÉE IV.

IL se rencontre là, par hazard, un POETE qu'elles reconnoissent, à qui elles font toutes les amitiés possibles pour l'obliger à se declarer de leur party, et luy promettent merveille s'il veut s'engager de faire des vers contre cet Almanach; mais, au lieu de se laisser aller à leurs prieres, il se met à chanter la Chanson que l'on a faite contre elles, et à se resjouir du desordre où il les voit.

CHANSON.

Pretieuses, vos maximes
Renversent tous nos plaisirs;
Vous faites passer pour crimes
Nos plus innocens desirs :
Vostre erreur est sans égale,
Quoy ! ne verra-t-on jamais
L'Amour et vostre cabale
Faire un bon traité de paix?

Vous faites tant les cruelles
Que l'on peut bien vous nommer
Des Jansénistes nouvelles,
Qui veulent tout reformer.

Vous gastez tout le mystere,
Mais j'espere, quelque jour,
Que nous verrons dans Cythere
Une Sorbonne d'Amour.

Pour LE POETE.

Dieux! qu'une Pretieuse est un sot animal!
Que les autheurs ont eu du mal,
Tandis que ces vieilles pucelles.
Ont regenté dans les ruelles!
Pour moy, je n'osois mettre au jour
Ny stance, ny rondeau sur le sujet d'amour,
Et je crois que, si ces critiques
Eussent eu vogue plus longtemps,
Je perdois toutes mes pratiques
Et restois sans avoir à mettre sous les dents.

ENTRÉE V.

LES GALANS n'ont pas plus tost appris la consternation où se trouvent les PRE-TIEUSES, qu'ils font paroistre le contentement que leur donne cette heureuse nouvelle, dans l'esperance qu'ils ont de restablir bientost leur commerce avec les Coquettes, sans crainte que ces Critiques, qui trouvoient toujours à redire à leur façon d'agir, osent dorenavant les censurer.

Pour LES GALANS.

Bannissons la melancolie,
Et formons de nouveaux desirs :
Ces Critiques et leur folie
N'empescheront plus nos plaisirs ;
On n'entendra plus que fleurettes,
Et chacun criera tour à tour :
Vive l'Amour et les Coquettes !
Tous les Galans sont de retour.

ENTRÉE VI.

ENSUITE, L'HYMEN, voyant que l'on avoit banny les Prudes, qui, n'estant plus en estat de donner dans le mariage, pour mieux dissimuler leur depit, conseilloient à tout le monde de ne se mettre jamais en cet engagement, ne peut se tenir de sauter de joye, voyant que ses autels vont estre en leur premiere veneration, et que ses sacrifices ne seront plus interrompus par les impertinens censeurs de ces ridicules reformations.

Pour l'Hymen.

Ce n'est pas sans sujet que je parois content :
Je m'en vais desormais restablir mon empire.
   Les belles, qui m'en vouloient tant
   Et qui pretendoient me destruire,
Sont à present en fuite et ne paroissent plus.
Mais, puisque, comme moi, l'Amour a le dessus,
   Il faut tous deux nous joindre ensemble,
Pour unir mille amans avec mille beautez,
Qui, par nos doux liens se voyant arrestez,
Beniront à jamais le nœud qui les assemble,
   Et chanteront, de tous costez,
   Dedans cette heureuse journée :
« Vive le Dieu d'Amour et celui d'Hyménée ! »

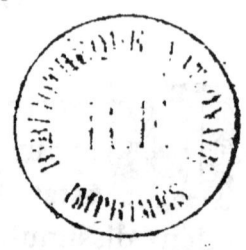

Imp. Jouaust.

NOUVELLE COLLECTION MOLIÉRESQUE

Tirage à 300 exemplaires sur papier vergé, 15 sur papier de Chine et 15 sur papier Whatman.

EN VENTE

Oraison funèbre de Molière, par de Vizé. . . . . . . 4 fr.
Mélisse, tragi-comédie attribuée à Molière . . . . . 6 fr.
Récit de la Farce des Précieuses, tragi-comédie attribuée à Molière. 3 50
Le Portrait du Peintre, ou la Contre-Critique de *l'École des Femmes*, comédie de Boursault. . . . . 4 fr.

Sous presse : *L'Ombre de Molière*, comédie de Marcoureau de Brécourt.

NOTA. — *Demander le prospectus de la collection.*

DANS LE MÊME FORMAT

ÉDITIONS ORIGINALES DE MOLIÈRE

Réimprimées par les soins de L. LACOUR et P. CHÉRON

L'AMOUR MÉDECIN (avec grav.). *Épuisé.* Ne se vend pas seul. — PRÉCIEUSES RIDICULES, 5 fr. — L'ESTOURDY, 7 fr. — SGANARELLE, 6 fr. — DÉPIT AMOUREUX, 9 fr. — L'ESCOLE DES FEMMES (avec gravure), 9 fr. — LA CRITIQUE DE L'ESCOLE DES FEMMES, 6 fr. — L'ESCOLE DES MARIS (avec gravure), 7 fr. — LE MARIAGE FORCÉ, 5 fr. — LE BOURGEOIS GENTILHOMME, 10 fr. — LES FACHEUX, 6 fr. — LE MÉDECIN MALGRÉ LUY (avec gravure) 8 fr — LE MISANTROPE (avec gravure), 8 fr. — LE SICILIEN. 5 fr. — TARTUFFE, 8 fr. — MONSIEUR DE POURCEAUGNAC, 8 fr. — AMPHITRYON, 7 fr. — L'AVARE, 10 fr. — GEORGE DANDIN, 9 fr. — LES FOURBERIES DE SCAPIN, 7 fr. — LES FEMMES SÇAVANTES, 7 fr. 50.

Octobre 1879.

6826. — Paris, imprimerie Jouaust, rue Saint-Honoré, 338.